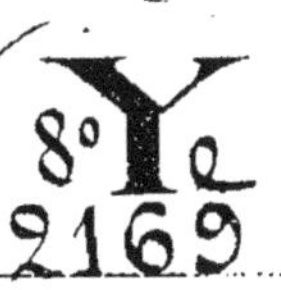

THÉOPHILE SERRETÉTE

L'Ame

D'UN PHILOSOPHE

LYON

IMPRIMERIE PITRAT AINÉ

4, RUE GENTIL, 4

1889

L'Ame

D'UN PHILOSOPHE

THÉOPHILE SERRETÈTE

L'Ame

D'UN PHILOSOPHE

LYON

IMPRIMERIE PITRAT AINÉ

4, RUE GENTIL, 4

1889

A MON·CHER MAITRE

SULLY-PRUDHOMME

Quand on..... réfléchit tant, on ne s'oublie plus, on ne sort plus jamais hors de soi : c'est toujours soi-même qu'on regarde, puisque tout ce qu'on observe, on le rattache involontairement à une conception générale du monde et que cette conception est en nous.

JULES LEMAITRE.

Les Contemporains, IIᵉ série, p. 100.

HOMMAGE

Ma pauvre Éva, tu me disais toujours :
« A quand tes vers ? Tu me fais bien attendre,
« Quand j'aurais tant de douceur à t'entendre
« Gémir tes maux et chanter tes amours. »

Mais l'œuvre aimée encor suivait son cours.
Et maintenant que je puis condescendre
A ton désir, toi, tu n'es plus que cendre
Et n'as que faire, hélas ! de mes discours.

Eh bien! malgré la mort dévoratrice,
C'est encor toi ma meilleure auditrice,
Car tu n'as pas cessé de vivre en nous.

Je te revois, réelle, et ce me semble
Que je dépose à tes jolis genoux
Ces vers écrits pour être lus ensemble

RIMES VÉCUES

DESARROI

H IER encor je rêvais d'amour et de maîtresse,
Aujourd'hui je voudrais m'abîmer dans la Foi,
Demain j'irai puiser, Science, jusqu'à toi
L'instant d'illusion qui charme ma détresse.

Mon âme est un chaos où tout lutte et se presse,
Une machine immense en un plein désarroi;
Tour à tour je languis, je raisonne ou je croi,
Je m'élance ou retombe au lourd poids qui m'oppresse.

Peut-être que les dieux, en décidant mon sort,
Sur le choix de mon sexe ont hésité d'abord.
Soit don mal entendu, soit plutôt ironie,

Ni de l'un ni de l'autre ils ne m'ont rien ôté :
De l'homme ils m'ont donné le rigoureux génie,
De la femme les soifs et la nervosité.

FLOT

ON âme est un élancement
A l'assaut de l'inaccessible ;
C'est lui sa fantastique cible,
C'est lui son éternel aimant.

Je veux — c'est mon affreux tourment —
Franchir les bornes du possible,
Traduire en des mots l'indicible :
Mon âme est un avortement.

C'est comme un flot qui s'amoncelle,
Jusqu'à la voûte universelle
S'enfle, bondit, lance sa voix,

Puis d'un seul coup s'abîme et croule
Sur l'océan qui le déroule,
Accablé sous son propre poids !

ÉNERVEMENT

Oh ! qui m'emportera vers les montagnes roses.
A cette heure divine où, du ciel qui se fend,
Comme un fleuve, ô Matin, tu jaillis triomphant,
Débordes de partout sur la terre et l'arroses !...

Loin du fracas des mots et des livres moroses,
De l'enfer des pensers, de cet air étouffant
Qui m'épuise et ne fait plus de moi qu'un enfant
Éperdu de langueurs et de vagues névroses...

Oh ! qui m'emportera !. . Bien loin, chez les aiglons,
Où vous fouette en pleins yeux l'air pur des aquilons,
Sur le sommet glacé de l'Alpe la plus haute !

Que je puisse un moment enfin sortir de moi,
De moi, mon lamentable et mon éternel hôte,
Et m'oublier, Nature, en m'enivrant de toi !

AMBITION

ETRE un héros, un saint, un artiste, un savant,
C'est d'une âme quelconque et c'est presque facile.
Que faut-il? A la voix qui vous parle docile,
S'enfoncer dans son rêve et toujours plus avant.

D'un unique Idéal adorateur fervent,
Aux pieds de ses autels élire domicile,
Et .puis, quand par hasard il se voile et vacille,
Par un vulgaire effort le redresser vivant.

Le philosophe, lui, demande davantage.
Il veut être tout l'homme et vivre sans partage
Tous les états de l'âme, éprouvant leur pouvoir.

Il abreuve à cent flots son âme inassouvie;
Il lui faut tout penser, tout sentir et tout voir,
Et goûter tous les fruits de l'arbre de la vie.

A UNE SAINTE.

> Celui qui fait la vérité dans son cœur arrive
> à la lumière.   BOSSUET.

Parfois, lassé de tout, je me demande si
  Le mieux n'est pas d'aller à la mort qui délivre,
Car que valent ces buts qu'on se donne à poursuivre ?
Tout semble illusion : nous trompe-t-on ici ?

Je vous vois, et soudain mon doute est éclairci.
Dans vos limpides yeux je lis comme en un livre
Que le devoir existe, et le bonheur aussi,
Et je le sens enfin : c'est la peine de vivre.

Où ma raison bronchait, votre seul cœur comprit.
Pour que la vérité se révèle à l'esprit
Il faut premièrement la faire dans son âme

Par son ardeur au bien et par la charité.
Ce n'est qu'en répandant sa chaleur que la flamme
Peut lancer ses rayons et fournir sa clarté.

CONCILIATION

A UNE CROYANTE SINCÈRE.

L'un accuse le Dogme et l'autre, la Raison.
On cherche à se convaincre, on démontre, on réfute;
On s'obstine à tenter une inutile lutte,
Et peu à peu la guerre entre dans la maison.

Toute doctrine adverse est faite de poison.
Malheur à qui résiste, aveugle qui discute !
Et, comme un jour arrive où l'on se persécute,
Entre les cœurs, hélas ! s'épaissit la cloison.

Mais tandis que chacun bataille et récrimine,
C'est un même Idéal, au fond, qui vous domine,
Le triomphe du Bien et de la Vérité.

Si bien que plus l'un jette à l'autre l'anathème
Et plus l'autre s'obstine en son doute entêté,
Au vrai, plus l'on s'accorde, et mieux aussi l'on s'aime.

SÉPARÉS!

AINSI nous aurons fait toute la vie ensemble,
Côte à côte marchant, sans que nos deux esprits,
L'un vers l'autre attirés, se soient jamais compris
Et sans qu'un réciproque abandon nous rassemble.

Et malgré que mon cœur au tien si fort ressemble,
Qu'ils soient tendres tous deux et tous les deux meurtris,
Jamais aucun d'entre eux ne se sera surpris
Sur l'autre qui palpite appuyé, lui qui tremble.

En vain nous nous aimons d'entière affection :
Divisés par l'idée et l'aspiration,
Chacun de nous se tait, se renferme et s'observe ;

Un mur de préjugés nous aura retenus
Près d'épancher notre âme en l'ouvrant sans réserve,
Et nous allons mourir sans nous être connus.

TROP TARD !

ON se disait toujours : ce sera pour demain,
Demain la confidence et l'épanchement tendre;
Mon travail est pressé, mon bonheur peut attendre,
Et l'on se contentait de se serrer la main.

Tout ce qu'on a d'intime et de vraiment humain,
On l'étouffait sans cesse, en se laissant entendre
Que cet amour complet où chaque amour veut tendre,
Impossible en voyage, est au bout du chemin.

Maintenant c'est trop tard ! Et je reste stupide
Devant ce dénoûment si navrant, si rapide,
Qui m'empêche à jamais de bien lire en son cœur.

Ce qu'elle était au fond, le secret de sa vie,
Mystérieux pour moi, dans la mort l'a suivie
Et reste inviolé dans le tombeau vainqueur.

PROTESTATION

Vous qu'un premier regard fit douter de mon cœur,
   Qui ne parlez de lui que sur un ton moqueur,
Et ne manquez jamais de me laisser entendre
Qu'il est trop concentré pour pouvoir être tendre,
Oh ! que vous avez tort de me juger ainsi !
S'il se peut que vraiment il paraisse endurci,
C'est que j'ai trop souffert et que, l'expérience
Détruisant mon besoin de vague confiance,
J'en suis venu bientôt à comprimer en moi
Ce qui m'émeut souvent du plus profond émoi,
Que jusqu'en mes élans, j'hésite, je m'observe
Et dans mes abandons garde de la réserve ;
C'est que le sentiment qu'on n'est jamais compris,
Qu'un abîme éternel sépare les esprits,
Qu'on ne trouve au dehors aucun point d'appui ferme,
Fait qu'insensiblement en soi l'on se renferme.
Mais si les malheurs m'ont, hélas ! habitué
A contenir mon cœur, je ne l'ai pas tué.
Il est encor tout prêt à répandre sa flamme
Sur quiconque l'accepte ou qui la lui réclame.

Ah! faites-en l'essai ! Si vous pouviez savoir
Ce qui gît de tendresse au fond du réservoir,
De tendresse profonde et jamais épanchée,
Oui, vous-même, bien sûr, vous en seriez touchée ;
Vous viendriez à moi, vibrante de pitié,
Et vous me donneriez au moins votre amitié.

FRUIT DÉFENDU

Vous ne m'aimerez pas, car vous êtes fidèle ;
    Et moi, pourrais-je aimer la femme d'un ami !
Mais qu'y faire, après tout, si mon âme a frémi
Lorsque votre âme sœur la croisa d'un coup d'aile !

O rêve ! la baiser dans son cou d'hirondelle ;
Le jour, la voir ; et puis, quand tout est endormi,
Se glisser dans son ombre et s'y perdre à demi,
Pour, comme après un bain, rester imprégné d'elle !

Aussi lorsque je viens dans votre intérieur,
Si cordial, si bon, si simple et si rieur,
Je me sens agité par un sentiment double.

Je comprends vaguement que je cours un danger,
Quand déjà l'amitié contre mon propre trouble,
En m'ouvrant sa main franche, accourt me protéger.

AMOUR PLATONIQUE

A Henri Chantavoine.

J'aime ce qui ne vaut qu'intact et respecté,
Ce qu'un souffle tûrait : la bulle d'eau que troue
Dans un scintillement le rayon qui s'y joue,
Le papillon, le lis en son lustre lacté,

La pourpre de la pêche et son chaud velouté,
L'éclat de la pudeur, ô vierge, sur ta joue,
Quand ton corsage ému lentement se dénoue
Pour livrer à l'époux ta jeune chasteté.

Car jaloux est le beau, du moins sur cette terre ;
Il veut être adoré de loin, dans le mystère,
Et trop le regarder c'est déjà le ternir.

L'esprit le perçoit, l'œil peut-être ; mais le fane
Quiconque ose porter sur lui sa main profane.
— J'aime mieux voir qu'avoir, aspirer que jouir.

SUR UNE JEUNE FILLE

Comme une triste rose-thé,
    Dans la dentelle entortillée,
Pour refleurir, à la veillée,
Quelque vieux sein décolleté,

Qu'un frôlement trop répété,
Sans l'avoir peut-être effeuillée,
Du moins, hélas! a dépouillée
De son frais et pur velouté,

Ainsi peu à peu s'est flétrie
    Au vent de la coquetterie,
Je n'ose dire sa pudeur,

Mais du moins sa fleur d'innocence,
Cette divine efflorescence
Du blanc rosier de la candeur.

IMPRESSION A LA LECTURE

DE LA SUSCRIPTION D'UNE LETTRE

DANS ces trois mots j'ai reconnu
La plume d'une fille d'Ève.
Je cherche encor,... le voile crève :
Votre doux nom m'est revenu.

Avec lui, tout son contenu,
Les émotions qu'il soulève ;
Je vous ai revue en un rêve,
Mon triste cœur s'est souvenu.

Et j'ai senti, malgré l'espace,
Malgré le temps qui toujours passe
Sur notre pauvre amour défunt,

De votre enveloppe à ma face
Monter, monter comme un parfum,
Ce cher passé que rien n'efface.

A Madame A. B.

Le jour de son mariage.

Vous êtes bien la femme en sa première grâce,
L'être fragile et pur en qui sourit l'Amour,
Dont le regard repose et trouble tour à tour,
Mais vous charme toujours et jamais ne vous lasse,

L'être qu'en sa candeur rien n'étonne et ne passe,
Qui voit dans l'univers Dieu clair comme le jour,
Et qui, semant la joie et la paix en retour,
Nous fait un coin de ciel dans le temps et l'espace.

Oh ! qu'il a bien droit d'être heureux et triomphant
Celui que vous aimez, délicieuse enfant,
Et comme avec douceur il va se laisser vivre !

Car trouvant tout en vous, la fleur de la beauté,
La flamme qui rend saint, le baiser qui rend ivre,
Vous fermez l'horizon de son cœur contenté.

A L'AUTEUR DE L'*Histoire du peuple d'Israël.*

JADIS, quand dans sa voie hésitait Israël,
   Que des dieux étrangers il fréquentait les fêtes,
Devant lui, tout à coup, se dressaient des prophètes
Qui menaçaient son front des colères du ciel.

Précipitant l'histoire en un magique appel,
Ils mettaient sous ses yeux ses futures défaites,
Sauf, s'il revenait vite à des mœurs plus parfaites,
A lui faire entrevoir l'empire universel.

Voyant, tu l'es aussi. Mais, toi, tu lui révèles,
Au livre des destins, non des pages nouvelles,
Mais son œuvre accomplie et son propre passé.

Comme les vieux nabis, plus grand qu'eux, tu devines,
Mais dans les faits tout seuls cherchant leur énoncé,
Quelles furent sur lui les volontés divines.

TOAST UNIVERSEL

A Théodore de Banville.

HALLALIS triomphants mêlés aux durs abois,
Enthousiasmes saints du preux dans la bataille,
Vertiges du fakir qui de sa main s'entaille,
Ardentes voluptés, c'est à vous que je bois.

A vous encore, amants des hauts lieux et des bois,
Aux couples amoureux se prenant par la taille,
A la farandole ivre, à la large futaille
Percée aux sons joyeux du fifre et du hautbois.

A vous enfin dont l'âme est sans cesse obsédée
Du besoin de comprendre ou d'exprimer l'idée,
A vos fronts inspirés, artistes et penseurs.

A tous ceux, quels qu'ils soient, dont la tête est remplie
D'un sublime idéal ou de quelque folie :
Qu'ils le sachent ou non, leurs natures sont sœurs.

TRIOMPHE

A Mademoiselle Adélaïde Decroso.

Que Minerve casquée ou Vénus au bras blanc
  Profile son pur galbe en un temple de Grèce,
Que la Victoire Ailée en sa gloire apparaisse,
Sa tunique à la proue en longs plis s'enroulant,

Ou que, carquois au dos et la biche à son flanc,
S'avance allègrement Diane Chasseresse,
Le rêve le plus haut que le sculpteur caresse
C'est de tirer du bloc inerte un front parlant.

Son rêve est dépassé. Regardez : le sang coule
Dans ces membres parfaits sortis de l'ancien moule.
La statue, elle vit : chef-d'œuvre linéal,

Fait de majesté calme et de grâce infinie,
En elle la nature a vaincu l'idéal,
Le marbre palpité, désespoir du génie.

3*

LE NOM

A mes Frères.

Mes frères, nous devons aller la tête ferme :
   Un reflet de grandeur brille sur notre front,
— Et rester bien unis, rameaux qu'un même tronc
Rayonna, triple corps issu d'un même germe.

Gardons pur notre nom et le sens qu'il renferme ;
Qu'il demeure en nos mains sans tache et sans affront.
Pour parvenir ainsi jusqu'à ceux qui naîtront
Au temps qu'à notre race a fixé Dieu pour terme.

Pour porter tout ce nom, ce n'est pas trop je crois,
Malgré notre courage, ô frères, d'être trois,
Coude à coude serrés, marchant comme un seul homme.

Il faut à lui chacun se donner tout entier,
Et puis de nos efforts réaliser la somme :
Car il est une charge aussi bien qu'un levier.

POUR LA NAISSANCE D'UN NEVEU

Qu'il soit grand, qu'il soit fort, d'allure martiale,
Qu'il ait bon air, qu'il ait bon sens, qu'il ait bon cœur,
Que son rire soit franc, que sa main soit loyale,
Et que vibre l'amour sous son regard vainqueur !

Fermée aux vains plaisirs, que son âme ravie
S'épanouisse et s'ouvre aux mâles voluptés,
A la science, aux arts, tout ce qui fait la vie,
A tous les idéals, à toutes les clartés !

Qu'ainsi du tronc ancien sur lequel il s'élève
Comme un gage assuré d'éternel renouveau,
On sente que c'est bien l'ardente et riche sève
Qui fait battre son cœur et penser son cerveau !

Oui, des sources, cher fils, d'où jaillit ta jeunesse,
De ces vivants creusets où ton sang s'est formé,
Épuise l'énergie, afin qu'en toi renaisse
Tout l'esprit de ta race avec son type aimé !

Crois aux aïeux ! fais tien ce fonds héréditaire,
L'amour du vrai, du bien, leur suprême ressort,
L'esprit d'invention, l'honneur sans commentaire,
L'âpre tenacité qui fait céder le sort !

Tu fus leur vague espoir, leur arrière-pensée,
Celui qu'au fond de tout ils croyaient entrevoir ;
Pour toi, leurs longs soucis, leur fortune amassée,
Tous leurs efforts, jusqu'à leur culte du devoir.

Pour te faire un courage ils ont porté leur charge
Et souffert, et peiné, d'un triple airain vêtus ;
Ce bras qu'ils t'ont fait fort, ce front qu'il t'ont fait large,
C'est le revenu d'un capital de vertus.

Ainsi chaque famille incessamment avance
Vers quelque être inconnu que voile l'avenir,
Qui sera son reflet, son nom, sa survivance,
Ayant pris dans son sein de quoi la rajeunir.

Le voilà donc enfin ce fils de votre rêve,
Cet inconnu par vous à peine imaginé,
O bons aïeux ! Le voile impénétrable crève :
Un garçon bien portant, un garçon vous est né !

Couvre-le de tes bois, d'amour et de mystère,
Livre tes champs joyeux à ses jeunes ardeurs,
O Bugey, mon pays, ô maternelle terre,
Et l'enivre d'air pur et de bonnes odeurs !

Chauffe de ton soleil ces membres qu'il étale
Dans des efforts naïfs où point l'instinct naissant,
Souffle dans ses poumons ton haleine vitale,
De tes meilleurs ferments fais sa chair et son sang !

Autour de son berceau suspendez vos guirlandes,
Fleurs de mai, doux oiseaux, éclatez en chansons ;
Déployez, vieux conteurs, l'écrin d'or des légendes
Et modulez la fable aux piquantes leçons !

Et toi, père, surtout, sur cette tête blonde,
Notre espoir aujourd'hui, notre gloire demain,
Sur cette âme d'enfant, sœur des lis et de l'onde,
Toi déjà grand comme un ancêtre, étends la main !

DEVANT UN PORTRAIT

DE GŒTHE JEUNE

Toi qui portes l'azur au fond de tes yeux calmes
　　Suprême sceau des triomphants,
　　Et dont la foi sereine atteint les palmes
Que la gloire à jamais prépare à ses enfants,

Qui, sous ton front bombé, tout lumineux et large,
　　Votre égal, ô cieux découverts,
　　Supportes seul allègrement la charge
De réfléchir en toi ce complexe univers,

Nature trois fois riche, ô multiple génie
　　Qui comprend, qui veut et qui sent,
　　La lyre entière en sa pleine harmonie,
Belle tête pensive, ô pâle adolescent !

Toi qu'une Providence abrite sous son aile,
Dont le nom ne doit pas périr,
Qui resplendis d'une flamme éternelle,
Ami, sois salué par ceux qui vont mourir !

LE VIN DE MON PAYS

A GABRIEL VICAIRE.

QUAND je bois aux amis, ce n'est pas le Champagne,
   Cette mousse vermeille et suave, il est vrai,
Qui pendant un moment vous grise et vous rend gai,
Mais qu'un arrière-goût de fabrique accompagne.

Ce n'est pas davantage un cru fameux d'Espagne
Ou d'autres loins pays, Alicante ou Tokay,
Mais je me fais servir un bon vin du Bugey
Qui tout modestement vient de notre campagne.

Mon toast me semble alors d'un effet plus puissant,
Car ce vin que je verse est presque un peu mon sang
Depuis un si long temps qu'il coule dans ma race,

Et je crois partager à la réunion
Quelque chose de moi, de vivant, d'efficace,
Dans le mystère saint d'une communion.

AMITIÉ

A Pierre Lacour.

ON se trouve être deux amis
Sans savoir par quelle aventure,
Par un élan de la nature
Et sans qu'on se soit rien promis.

Un beau jour, on sent qu'on s'est mis
Au pas d'une autre créature,
A l'immense paix qui sature
Nos cœurs calmés et raffermis.

De deux âmes on en fait une.
Voilà tout en commun, fortune,
Plaisirs, heureux et mauvais sort ;

Et sans qu'on songe à se le dire,
On s'est compris par un sourire :
On est à la vie, à la mort.

POUR MA RÉCEPTION

A UNE TABLE D'AMIS

ETUDIANT, j'avais déjà connu Laveur.
Tranchant joyeusement sur ma mélancolie,
Il m'était apparu dans toute sa folie,
Ardent, jeune, bruyant, amoureux et viveur.

Je puis voir aujourd'hui, grâces à la faveur
Qui désormais, j'espère, à tous ici me lie,
Que la douce amitié n'en est point abolie,
Mais en fait le vrai charme et l'intime saveur.

Dans ce Paris banal où le célibataire
Cherche instinctivement comme un coin de mystère
Où goûter l'abandon et la paix du foyer,

C'est dans ce viel hôtel au fond d'une venelle
Qu'il trouve, chaque soir, la table fraternelle,
Des bras prêts à s'ouvrir, des cœurs où s'appuyer.

HOMO SUM

A Joseph Teissier.

DANS ce même moment, il est des amoureux
   Menant sur un doux lit leur joyeuse insomnie ;
Il est de pauvres vieux tout près de l'agonie,
Qui roulent, pleins d'angoisse, un œil cadavéreux.

Dans sa cuculle blanche un austère Chartreux
Se frappe la poitrine, adore et communie,
Tandis qu'insouciant de son ignominie,
Mandrin cherche à porter quelque coup ténébreux.

Et tous, celui qui rit comme celui qui pleure,
Celui qui, fou d'amour, veut éterniser l'heure
Et le désespéré sans regard et sans voix,

Tous, qu'un objet ignoble ou divin les enivre,
Ou saints ou criminels, d'un même œil je les vois,
Leur âme en moi palpite, en moi je les sens vivre.

4

A UN CHEVAL

Quand je te vois cabré dans ton torse élégant.
 Sous tes poils frémissants de ta robe sans tache,
Ou dans les grands prés verts gambadant sans attache,
Si généreux, si fier, si svelte et si fringant ;

Et que je t'imagine ensuite prodiguant
Tes efforts à tirer une affreuse patache,
Au gré d'un gueux, jurant dans sa sale moustache,
Qui te rend par ses coups le poids plus fatiguant,

Que je souffre pour toi ! — Pas tant que je te plaigne
De ta vie énervante et de ta peau qui saigne
Sous le bâton brutal ou le mors tracassier,

— Mais bien de te sentir, ô fine créature,
Ainsi dépaysée en un milieu grossier
Si peu fait pour comprendre et goûter ta nature.

PAUVRE CHEVAL!

C'EST pitié, comme on te traite,
De voir comme on t'a roué
Et sur ton cuir tout troué,
La plaie en sang qu'on t'a faite.

Ta vie est une défaite;
L'homme au malheur t'a voué;
— Sans compter qu'il t'a floué :
On t'a châtré, pauvre bête!

Et la sensibilité
Dont le bas-ventre est doté
Ne sert que pour ton supplice,

Car c'est là, le plus souvent,
Que Martin-bâton se glisse
Pour t'exciter en avant.

ENCORE LE PRINTEMPS !

A Paul de Laprade.

L'ÉTERNELLE Ouvrière inconsciemment ouvre
Son poëme vivant en rythmes ordonnés ;
Les bourgeons rubescents remplacent leurs aînés,
Et d'un tapis nouveau la terre se recouvre.

De feuilles et d'oiseaux se repeuple ce rouvre
Qui naguère étendait ses longs bras décharnés,
D'insectes en chaleur les airs sont sillonnés,
Et le soleil sourit dans le ciel qui se rouvre.

L'avoûrai-je ? En cet ordre ainsi persévérant
Je trouve je ne sais quoi de désespérant ;
Cette marche uniforme et me brave et me lasse.

Et je le hais parfois ce bruyant germinal
Qui, chaque an, sur mon cœur plus fatigué repasse
Avec son grand sourire anonyme et banal.

TORPEUR

Un ressort, tout à coup, me pousse de mon lit.
Je me tâte. C'est moi. C'est bien moi. Dans ma chambre.
Voici l'heure fatale, et le matin pâlit.

Je tire de mes draps, un par un, chaque membre,
D'un même mouvement stupide et machinal.
J'ai froid, d'un froid farouche et cinglant de décembre.

Puis j'enfile mes bas, mon pantalon banal ;
Et, sous l'obsession du projet qui m'effare,
Je tremble d'arriver au pardessus final.

Il est mis. Je suis prêt. Je m'en vais à la gare,
Passif, inconscient, comme un boulet lancé,
Mes pieds qui vont tout seuls traversent la bagarre.

Je débarque. A ma vue un cordon s'est dressé.
Je sonne. Il faut parler, mais toute idée est morte :
Je répète par cœur ce qu'hier j'ai pensé.

Tandis que je m'explique, il s'agite, il s'emporte ;
Et moi, terrifié, tremblant, je reste coi,
Les yeux sur le plancher, collé contre la porte.

Il me répond enfin, mais je ne sais pas quoi ;
Car, depuis un moment, j'écoute sans entendre,
Ne sachant seulement qui parle, ni pourquoi.

Demain, au petit jour, j'essairai de comprendre.

CŒURS GROS

A René Vallery-Radot

Oh! ces sanglots d'enfants, profonds et caverneux,
Ces appels fous et déchirants comme une lame,
Ces cris désespérés, oh! qu'ont-ils donc en eux
Qui vous brise le cœur et vous arrache l'âme ?
Il semble, à les entendre, affolés, éperdus,
Sortir du fond crispé d'une bouche livide,
Par à-coups saccadés et comme inattendus,
Il semble que jamais l'impression du vide,
De l'abandon, de l'épouvante et de l'horreur,
Que jamais de la mort le froid avant-coureur,
Ce sentiment confus qu'autour de vous tout croule,
Que soi-même d'abîme en abîme l'on roule
Jusqu'au dernier des fonds du noir gouffre béant,
Jamais la vision directe du néant
N'aient été plus poignants, n'aient été plus intenses
Que dans vos petits cœurs, ô frêles existences!
Engeance de misère, ah! tous ces cris navrants,
Que vous les pousseriez encore plus déchirants,
Si vous pouviez prévoir ce que c'est que la vie
Et de quelles douleurs une enfance est suivie.

Si vous saviez combien les hommes sont méchants,
Loin de vous efforcer, par des appels touchants,
D'obtenir un regard de leurs miséricordes,
Du fond de votre nuit vous crieriez si fort,
Vous tendriez soudainement toutes vos cordes
Dans un si violent et si terrible effort,
Qu'épuisant votre souffle en une seule crise,
Vous trouveriez enfin le sanglot qui le brise !

DOUBLE VUE

O traits chéris, traits adorés,
De fines veines azurés,
Qui seront, un jour, altérés
    Par les souffrances ;

O pauvre bouche, ô nez, ô front,
Qui, de la mort portant l'affront,
Bientôt peut-être exprimeront
    D'affreuses transes ;

O chère, ô délicate main
Qui, si douce aujourd'hui, demain
Sera pareille au parchemin
    Et toute froide ;

Et vous, et vous, ô divins yeux,
Grands sourcils bruns, beaux cils soyeux,
Dont l'accueil aimable et joyeux
    Me sera roide ;

Cartilages, fibres, tissus,
Dont tout d'abord je n'aperçus,
Pour mon bonheur, que le dessus,
    . Mes regards plongent

En cet instant comme à travers
Tous vos prestiges découverts,
Et je crois voir en vous des vers
    Blancs qui s'allongent.

J'aperçois simultanément,
Sans savoir lequel des deux ment,·
Le visage frais et charmant,
    La face morte ;

Je baise, sous les beaux cils bruns,
La peau terreuse des défunts,
Et je sens au fond des parfums,
    Une odeur forte.

MON ENTERREMENT

QUAND j'enterre quelqu'un, je me mets au cercueil.
C'est moi le pâle mort, au blanc nez, aux mains blanches
Qui glace les baisers au froid de son accueil.

C'est sur moi, sur mon cœur meurtri, les avalanches
Des grands coups de marteau, formidables et sourds,
Qui rivent le cadavre en sa boîte de planches.

C'est pour moi, les flambeaux et le drap de velours,
Pour moi, les voiles noirs et la fatale escorte
De la gent croque-mort, à l'air brute, aux pas lourds.

Quand, cierges et surplis ayant franchi la porte,
D'un effort violent on enlève le corps,
Je sens parfaitement que c'est moi qu'on emporte.

Et c'est mon propre deuil que crient ces décors,
Ce catafalque affreux, cette cérémonie,
Et l'orgue gémissant ses lugubres accords.

Oui, quand j'entends monter ta poignante harmonie,
Toi dont la vive allure, au cœur désespéré,
Semble l'indifférence et presque l'ironie,

Hallali des humains, étrange *Dies iræ*,
Je vis par le froid seul qui court en mes vertèbres,
A peine en somnambule et moins qu'en déterré.

Et c'est gourd de torpeur, les yeux dans les ténèbres,
Laissant une odeur vague et les bras à l'étroit,
Que je pénètre enfin le long des ifs funèbres.

Oh là ! ma pauvre bière ! On la change d'endroit ;
On la tourne, on la lie, on la brusque, on la pousse ;
Tantôt elle est à terre et tantôt elle est droit !

Hardi les fossoyeurs ! porteurs à la rescousse !
Tout grince, tout gémit, tout craque. A chaque choc,
Dans mon cœur éperdu retentit la secousse.

Et puis là, tout à coup, je glisse comme un bloc;
Je surplombe un instant la paroi de la tombe
Et m'en vais me heurter tout sec contre le roc.

Et je sens que sur moi le lourd socle retombe.

PAULO MINORA

ECCE HOMO

A Jean Jullien.

Lorsque je m'en vais seul, le soir, le long des rues,
L'œil incertain, le dos courbé, le nez au vent
Et tête nue, ainsi qu'il m'arrive souvent,
Heurtant les becs de gaz, les passants et les grues,

Tantôt l'esprit flottant sur des coquecigrues,
Flairant l'air du trottoir, le livre qui se vend,
Tantôt dans une chasse ardente poursuivant
Les visions d'en haut par moments apparues :

A quoi rêve ce grand escogriffe ? dit-on ;
A moins que ce ne soit un fou de Charenton,
C'est un poëte en train d'enfanter une strophe !

Plût à Dieu, braves gens ! ce serait demi-mal ;
Mais le poëte est là doublé d'un philosophe,
Et c'est plus qu'il n'en faut pour faire un animal !

DÉTENTE

Le sage, a dit l'un d'eux, pèche sept fois le jour.
Babet, viens m'embrasser, ça fera la huitième ;
Dieu veut que ce soit juste aujourd'hui mon quantième,
Et tu ne voudrais pas me voir manquer mon tour.

Viens, l'amour philosophe est un parfait amour.
La gravité nous force à faire un peu carême,
De sorte que de nous on a toujours la crème
Quand on nous veut permettre un petit doigt de cour.

Et puis adieu les mots et la philosophie !
Plus qu'une autre elle est femme, et fol est qui s'y fie,
Plus qu'une autre surtout il faut la payer cher.

Et travaillons à nous faire de la famille !
Descartes même — oui-dà — Descartes s'est fait chair
Et comme un simple gueux a commis une fille !

POUR UN MARIAGE

Tantôt l'œil au plafond et tantôt sur son livre,
Le philosophe va, sondant par tout moyen
Ce qu'est le Vrai, ce qu'est le Beau, ce qu'est le Bien,
Et si, tout calculé, c'est la peine de vivre.

Mais, malgré cette ardeur de savoir qui l'enivre,
L'infortuné chercheur ne trouve jamais rien
Et régulièrement donne sa langue au chien,
Découragé d'un but qu'il faut toujours poursuivre.

Amants, heureux amants, vous, vous avez trouvé !
Le Bien vous est connu pour l'avoir éprouvé ;
Le Beau, c'est votre extase amoureuse et ravie ;

Le Vrai, vous l'atteignez en le constituant ;
Et, quant à décider de ce que vaut la vie,
Vous tranchez le problème en la perpétuant.

DESCARTES

A Paul Janet.

C'ÉTAIT un garçon riche, un jeune gentilhomme
Bien vivant, amoureux du bruit, du mouvement,
Qui savait au besoin dégainer vaillamment,
Mais de phrases en *us* fut toujours économe.

A la prise de Prague, au jubilé de Rome,
A Lorette, à Francfort, pour le Couronnement,
Il promène partout son fier désœuvrement,
Dans les camps, dans les cours, en tout lieu qu'on renomme.

Ayant pour les bouquins le plus parfait mépris,
Un jour, pour se distraire, il avait entrepris
De reconstituer à lui seul la science.

Le succès, m'a-t-on dit, quoique un peu bien chanceux,
N'a pas justifié trop mal sa confiance.
— Ce Descarte est d'un triste exemple aux paresseux.

CERCLE

L E philosophe est comme un pauvre chien
Qui sur son dos cherche à prendre une puce
Il travaille, oui, mais pour le roi de Prusse,
L'ami Brifaut, sans jamais saisir rien.

Certe, il se tourne et se mordille bien,
Mais tourne aussi, malgré qu'il ait d'astuce,
Avec ses crocs, l'insecte qui le suce,
Cercle parfait du but et du moyen.

Ainsi du Vrai. Si toujours il recule,
C'est justement parce qu'il est trop près,
Étant ta forme, ô Raison qui spécule.

Puisque, aussi bien, point tu n'avancerais
Sans son concours et sans son véhicule,
Passant le but, tu restes pour tes frais.

SUR UN PHILOSOPHE POSITIVISTE

IL trouvait l'auteur de l'Ethique
      Étique.
Il eût donné, pour un schelling,
      Schelling;
Pour sa pipe, un bock et des cartes,
      Descartes;
Et, pour le plus mince liard,
      Liard.
Et, transformant la facétie
      En scie,
Il appelait « Mio caro »
      Caro,
Et le révérend Malebranche
      « Ma branche ».
Resté toujours avec Jouffroy
      En froid,
Pour cette pauvre « Destinée ».
      Mort-née,
Il n'était pas plus de Cousin
      Cousin,

Trouvant un peu plus qu'inutile
    Son style.
Il mettait loin derrière Hœkel
    Hegel,
Laissait, pour le docte Hippocrate,
    Socrate,
Et pour son fameux Moleschott,
    Duns Scott.
Il eut l'audace de prétendre
    Entendre,
Au fin fond de Monsieur Boutroux,
    Des trous
Qui faisaient des flic-flac sans nombre
    Dans l'ombre.
Lui qui qualifiait Darwin
    Divin,
Il osait dire qu'Aristote
    Radote,
Puis, au seul nom de Bossuet,
    Suait
— Tant le dégoûtait un tel cancre —
    De l'encre.
Noir alors, il prenait de Bain
    Un bain,
Sauf à finir chez Épicure
    Sa cure,

Jusqu'à ce qu'eût l'ami Soury
     Souri.
Quelquefois il eut avec Locke
     Colloque;
Surtout il jugeait à son gré
     Littré,
Et trouvait à l'Auguste Comte
     Son compte.
Bref, pour préciser son portrait
     D'un trait,
Nous lui disions, parlant de Taine.
     « Ton Taine »,
Il t'appelait, pauvre Platon,
     « Tonton! »

UN AUTOGRAPHE

Donc tu m'as dit : Ami B...,
    Tu vas de ta main sympathique
Me crayonner quelque sonnet,
Au sel gaulois, au sel attique.

C'est dit : j'ouvre mon robinet,
Et, n'en déplaise au vieux critique,
J'écris les mots sur mon carnet
Sans rien gratter : c'est plus pratique.

Mais voilà mon œuvre debout
Sans t'avoir rien conté du tout,
Preuve avec quel art je te rase.

Je voudrais bien te dire adieu :
Arrêté net au beau milieu,
Je ne peux plus finir ma phrase....

RONDEAU, A ANTOINETTE

En Toinette, dialoguant
   Avec le vieux bonhomme Argan,
Raillant, gueulant, se prodiguant,
Et, sans être jamais en reste,
Disant aux gens leur fait sans gant,

J'aimerais te voir, malepeste,
Belle fille à l'esprit fringant,
A riposter toujours si preste,
      Antoinette.

Car, je le sens, tout me l'atteste,
Cette soubrette, deux fois leste,
Soulignant ses effets d'un geste
Volontiers plus vif qu'élégant,
Je l'aurais en toi manifeste,
      En toi nette.

LEÇON DE CHOSES

A LA JEUNE CATHERINE
En lui donnant un album d'animaux.

CATHERINE, voilà des bêtes,
Pour t'amuser si tu t'embétes.

Tu verras, c'est récréatif,
— Et ce n'est pas moins instructif.

Maître Loup te montrera comme
On se tient à table, et qu'en somme

Le pis serait de te gêner
Quand on t'invite à déjeuner.

Grâce à l'exemple de mon Singe,
Négligeant désormais le linge

Et tous ces vilains instruments
Qui ne servent qu'à nos tourments,

Les fourchettes et les assiettes,
Les plats, les couteaux, les serviettes,

Tu t'apercevras que tu dois
Manger la viande avec tes doigts :

C'est mieux comprendre leur vrai rôle ;
Et puis enfin c'est bien plus drôle.

Ce majestueux Éléphant
T'enseignera, ma chère enfant,

L'art difficile de la trompe ;
La Baleine, comment on pompe,

Puis, par des effets combinés,
On fait des jets d'eau par le nez ;

Ce petit Cochon qui patauge
Sans respect humain dans son auge

Avant de passer cervelas,
A mettre les pieds dans les plats ;

L'Araignée, à prendre la Mouche,
Si par hasard on te remouche,

Et la Chatte à prendre des Rats.
Grâce au Perroquet tu sauras,

Lorsque tu te mets en colère,
Tout un joli vocabulaire,

Cré nom de nom, corbleu, fouchtra,
Ventre-Saint-Gris, et cætera,

Afin de n'être pas en reste,
Si l'on te décoche un mot leste.

Et si, malgré ce baragouin,
Quelque loustic allait plus loin

Et venait à passer les bornes
De la pudeur, fais lui les cornes :

C'est la leçon de l'Escargot ;
— Et dresse-toi sur ton ergot

Comme un bon Coq à crête rouge,
Et puis gare à l'autre s'il bouge !

Vrai Don Quichotte des déserts,
Tant sont godiches ses grands airs,

Et cette imperturbable mine
Avecque laquelle il chemine,

L'incommensurable Chameau,
Surmonté du piton jumeau,

T'apprendra, quand tu fais la noce,
A t'offrir une belle bosse ;

Maman la Grive, à boire sec,
Alias, à te rincer le bec ;

La Pie à caqueter ; la Grue,
A faire, le soir, ·dans la rue,

Le pied connu du même nom ;
Et la vénérable Guenon,

L'art de marcher à quatre pattes,
Quand tu rentres dans tes pénates

RÉBELLION

Oui, j'ai jouté dans cette joute
De la mesure et du sujet
Où chaque rime vous déboute
De quelque ambitieux projet.

On s'échauffait la tête. En route
On comprimait son premier jet;
A la fin, complète déroute :
A peine le plan surnageait.

Je veux opérer sur un mode
Qui soit un peu moins incommode.
Prosons, prosons tout bonnement !

Foin du rythme et de la cadence !
Ce ridicule et vain tourment
De parler comme une ourse danse !

VAGUE A L'AME

A Madame P. A.

Vous m'avez demandé de vous donner des vers,
   Madame, et m'en voyez toute l'âme à l'envers.
Et comment voulez-vous, pour Dieu ! que ne s'émeuve
Un homme de travail à ce genre d'épreuve ?
Le prendre au moment où, pour dominer ses sens,
Il tente des efforts si souvent impuissants,
L'arracher brusquement à l'œuvre coutumière,
L'obliger à tourner ses yeux vers la lumière
Dont le flot incessant se dégage de vous,
A contempler vos traits si joyeux et si doux,
A revoir, rayonnant dans sa gloire et sa grâce,
Dans ses charmes divins, votre forme qui passe !
Comment se pourrait-il qu'il ne fût pas troublé ?
Aussi, voyez, son cœur et sa plume ont tremblé.
De sa table maussade un souffle le soulève ;
Sa poitrine se gonfle ; il s'oublie en plein rêve ;
Il perd pied, il s'envole, il est au pays bleu.
Son livre interrompu reste ouvert au milieu.
Et le voilà, planant dans l'extase, qui songe
Au bonheur, à la vie, à son divin mensonge,

A la Nature, au chant des forêts et des eaux,
Aux sourires des fleurs, aux bonjours des oiseaux,
A l'azur épandu sur lui comme une fête.
Il se prend à penser qu'il n'est pas qu'une tête.
Ses sens sont pénétrés d'une immense douceur.
Un beau vers l'envahit de son rythme berceur ;
Et, tout en le chantant, Amour, il croit entendre,
Dans un lointain, ta voix mystérieuse et tendre.
Et comme le voilà tout désorienté !
Tour à tour par l'idée ou le rêve hanté,
Il ne sait plus auquel il donne l'avantage.
Dans ce tyrannisant conflit qui le partage
Entre la Muse austère et celle du plaisir,
Ou Prose ou Poésie, il ne sait que choisir.
Il voudrait les unir toutes deux. Il s'efforce
Tout au moins d'empêcher entre elles un divorce,
Au risque d'éprouver leur double trahison
Et de perdre à la fois la Rime et la Raison.

HYMEN

MARIONS-NOUS, ma bien-aimée,
Marions ta bouche embaumée
A mon baiser franc et rieur,
A mon poing fort ta main qui tremble ;
Marions-nous tous deux ensemble,
Au gré d'Éros le Marieur !.

Marions à ta blonde tresse,
Plus douce aux doigts qu'une caresse,
L'âpre noirceur de mes cheveux,
A ton fin duvet ma moustache,
A mon hâle ta peau sans tache,
A tes bras ronds mes bras nerveux !

Marions ta grâce à ma force,
Tes seins onduleux à mon torse,
Ta jambe souple à mes jarrets !
Qu'un suprême élan nous confonde
Dans cette intimité profonde
Où s'effacent tous les secrets !

Que ma flamme à ta flamme unie
Forment ensemble une harmonie
Qui rayonne dans l'univers,
A côté des plus douces choses,
Du ciel bleu, des lis et des roses,
Des beaux accords et des beaux vers !

VALSEUSES AMÉRICAINES

O muse de la valse, ô fleur de poésie,
Où sont de notre temps les buveurs d'ambroisie
Dignes de s'étourdir dans tes bras adorés?
ALFRED DE MUSSET.

Un rêve taillé dans un pur
    Bloc d'azur,
Deux corps vagues et translucides
A l'éclat des cieux d'Orient
    Mariant
La légèreté des sylphides.

Pour mettre nos valseurs au ton
    Du boston,
Ce pas si subtil et si souple,
L'une des deux sert de danseur
    A sa sœur,
Et voilà parti l'heureux couple.

Il va, flot qui monte et descend,
    S'élançant
Par bonds soudains et pittoresques,

Et, comme au caprice du vent,
  Décrivant
De fantaisistes arabesques.

Leur pied glisse amoureux, discret.
  On dirait
Que de la mer des vagues ondes
Produites par l'essor du son
  Elles sont
Les deux naïades vagabondes.

O Musset ! Celles-là du moins
  Sont témoins
Qu'il en est parmi nous encore
Qui sont dignes de s'étourdir,
  De mourir
Entre les bras de Terpsichore.

TOUR DE VALSE

LA mignonne tournait dans mes bras enlacée,
Et de son sein ouvert montait comme un encens,
Et dans mes yeux plongeaient ses grands yeux innocents,
Onde limpide où se réflétait sa pensée.

Sa tête — un Greuze pur, — doucement balancée,
Laissait couler sur moi ses cheveux caressants,
Tandis que dans un cercle où se perdaient mes sens
Nous emportait tous deux la valse cadencée.

Tout à coup, — je ne sais vraiment ce qui lui prit,
Quel éclair de gaîté traversa son esprit, —
Elle me jette au front son écharpe de soie ;

Et la voilà roulant au fond d'un canapé,
Parmi les fleurs, l'éclat des feux, les cris de joie,
Riant comme une enfant de m'avoir échappé !

APRÈS UNE LECTURE

DU « *JOURNAL DE MARIE BASHKIRTSEFF* »

A ANDRÉ THEURIET.

IL te fait claire comme l'eau
  Ce livre où l'on sent, chaque page,
Ton amour pour Bastien-Lepage
Et ta sainte horreur pour Breslau

Où ton cœur, épris du halo
Que la gloire après soi propage,
Tremble devant l'aréopage
Chargé de classer ton tableau.

Le moi, dit-on, est haïssable.
Oui, s'il se peint méconnaissable ;
Non pas, s'il se montre ingénu.

Malheur à qui se scandalise !
Rien n'est plus chaste que le nu,
Plus modeste que la franchise.

ADOLESCENTS

Vous souvient-il, Mademoiselle,
De notre beau temps d'écoliers,
Quand s'effilochaient aux halliers
Vos résilles de filoselle ?

Folle et bondissante gazelle,
Toujours en avant, vous alliez
Grimpant nos sommets familiers,
Avec quel souffle ! avec quel zèle !

Puis, quand les membres fatigués
Des monts trop hauts, des jeux trop gais,
Vous paraissiez demander grâce,

Pour terminer votre chemin,
C'était sur mon épaule lasse
Que se reposait votre main.

A FOND DE TRAIN DANS LES NEIGES

Ça, qu'on se tienne bon, bras dessus, bras dessous,
    Et sur ce pré, parmi la neige qui s'écroule,
Que, filles et garçons, comme un orage on roule,
Faisceau de muscles forts, tendu, jamais dissous !

Celui qui chutera ne soit jamais absous !
Qu'il soit qualifié de mazette et de poule !
Qu'on se moque de lui s'il se fait une ampoule !
— Tous ceux qui toucheront le but auront deux sous.

En avant, en avant ! sans peur, tête baissée,
Fournissez, au hasard, une course insensée,
Soyez fous, la folie est un présent divin !

Perdez pied, s'il se peut, et plongez dans l'espace !
Demandez son secret à cet aigle qui passe !
Grisez-vous de vertige ainsi que d'un vieux vin !

OU L'ON VOIT QUE L'AUTEUR
A SACRIFIÉ AU REPOS QU'IL AURAIT PU PERDRE
L'AMOUR QU'IL AURAIT PU AVOIR

CERTES elle avait un beau cou,
Un teint de rose, un port de reine…
Et son œil me suivait sans haine.
Tout me disait : risquons un coup.

Mais je ne l'aimais pas beaucoup,
Ma charmante contemporaine.
Je ne sais pourquoi, mais sa chaine
M'apparaissait comme un licou.

Aussi j'oubliai Marguerite,
Sans grand effort ni grand mérite;
Puis, sans en être trop marri,

J'ai repris mon vieux train de vie.
Et, revenu d'un jour d'envie,
Je l'ai laissée à son mari.

LA GRANDE VIE

J'ESTIME ton nez grec et tes yeux andalous,
  Tes deux seins débordant de ta robe défaite,
Tes jolis petits pieds et la grâce parfaite
Dont tu poses ta mouche et tu portes les loups.

Mais il est des bonheurs dont je suis plus jaloux.
Lorsque pour tout de bon je veux faire la fête,
C'est avec les aiglons, en plein mont, sur le faîte
Où m'ont porté ma canne et mes souliers à clous.

Oh! la vie au grand air, oh! les voluptés chastes,
Jarrets tendus, poitrine ouverte, horizons vastes,
O rafraîchissements des corps et des esprits!

Mieux que tous ces baisers, ma belle, dont tu palpes
Toujours finalement à ma barbe le prix,
J'aime l'âpre nature, et l'aurore, et les Alpes!

FRISSONS MÉTAPHYSIQUES

ISOLEMENT

Je suis là, face à face avec le grand mystère ;
    Et plus mon pauvre esprit s'agite et se morfond
A démêler le jour dans l'abîme sans fond,
Plus je me sens perdu, sans écho, solitaire.

C'est qu'à ces questions, durement réfractaire,
L'univers reste sourd et jamais ne répond ;
C'est qu'à ces soucis, rien, hélas ! ne correspond
Dans l'âme de la foule attachée à la terre.

vain je tends l'oreille ou je pousse des cris :
je ne comprends rien, ni je ne suis compris :
en ne s'ouvre pour moi, ni les cœurs ni les choses.

silence effrayant, formé de bouches closes
de muettes lois, me couvre d'un linceul,
, tremblant sous la mort qui passe, je suis seul.

NÉANT

Je me sens comme mort dedans ma chair vivante,
Et, sur tout son pourtour, effroyablement nu ; ·
Et l'atroce frisson court en moi, continu,
Glaçant mon corps de froid et mon cœur d'épouvante.

Et le vertige en moi met sa fièvre énervante :
Je me vois suspendu par un lacet ténu
Sur un abîme noir, formidable inconnu,
Qui va s'élargissant dans sa paroi mouvante.

C'est peu que d'être seul : je suis aliéné
De ma propre substance et mon être est miné,
Au point que je me fais une terreur extrême.

En moi, dessus, dessous, partout un vide affreux.
Rien de plein. Je n'ai point de dedans, je suis creux ;
Le néant, je le sens, je le suis, c'est moi-même.

A PASCAL

A Louis Liard.

ME voilà donc perdu sur cette croûte ronde,
    Elle-même perdue en pleine immensité,
Vertigineusement dans les cieux emporté
Aux hasards de sa course énorme et vagabonde.

Sans savoir qui je suis, ni qui m'a mis au monde,
Ni quel demain pour moi fait la fatalité,
Même si quelque part est une Vérité,
Indispensable base où le reste se fonde.

Et je suis tout entier sensation de froid,
D'inexprimable horreur, de détresse et d'effroi,
En sentant l'Infini m'enserrer de son cercle,

Défoncer sous mes pieds tous ses abîmes nus,
Étager sur mon front son multiple couvercle,
Et jeter dans moi-même un monde d'inconnus.

LIVRES FERMÉS

Toujours d'un masque recouverts,
  Les esprits n'ont pas de fenêtre
Permettant qu'on voie à travers,
Et qu'en leur fond on les pénètre ;

Et chacun d'eux se sent un être
Si fort ondoyant et divers
Qu'il ne se peut pas plus connaître
Qu'il ne connaît cet univers.

C'est ainsi qu'un double mystère
Nous accompagne sur la terre,
Dedans notre âme et tout autour.

Heureux si, bien qu'inaccessible
A tous les hommes sans retour,
Elle est en soi compréhensible !

PRISON

A Jean Coignet.

Je suis pris tout entier dans la création,
 Sans pouvoir m'arracher de ce ciel qui m'enserre
De ce corps, de cette âme où mon sort m'incarcère
Et m'oblige de vivre, enté comme un scion.

Ma masse, malgré tout, subit l'attraction ;
Mon cœur, en palpitant le rythme nécessaire ;
Et mon esprit, déjà l'esclave d'un viscère,
Le principe éternel de contradiction.

Oui, si vastes soient-ils les espaces que l'orbe
De la planète où j'erre en son circuit absorbe,
Si libre soit mon corps, si libre ma raison,

Quand j'atteindrais le vol de Descarte et des aigles,
L'être qui me contient est toujours la prison
Des inflexibles lois, des formes et des règles.

NUIT

A Ch. Renouvier.

Je tâtonne au milieu d'une épaisse vapeur.
En vain mon tact est sûr et mon regard avide,
Ma main qui va tremblant ne saisit que le vide
Et mon œil boit la nuit, tout béant de stupeur.

Car de tant ignorer j'arrive à prendre peur.
Quoi ! dans ce labyrinthe, aucun fil qui me guide !
Jamais un jour entier, sur ma tempe livide,
Un rassurant rayon, fut-ce un rayon trompeur !

Si, croyant par hasard voir naître un crépuscule,
Je bande ma pensée, aussitôt il recule,
Me laissant après lui dans plus d'obscurité.

Les systèmes, les lois, les faits, tout est mensonge.
Je connais juste assez de la réalité
Pour être bien certain que je vis dans un songe.

8.

Seul le silence est grand, tout le reste est faiblesse
A. DE VIGNY.

QUAND chacun dans le ciel se cherche un auditoire,
  Oh! que vous êtes grand, vous qui vous êtes tu,
Qui, de sincérité farouche revêtu,
Vous fîtes du silence une œuvre obligatoire;

Qui, devant ce Cosmos trouble et contradictoire
Où le mieux par le pire est toujours combattu,
Comprîtes que telle est la suprême vertu,
La plus digne attitude et la plus méritoire.

Car que dire à Celui qu'on ne sait pas nommer,
Qu'on ne peut pas chérir, qu'on n'ose blasphémer,
Enveloppé qu'il est dans son poignant mystère?

De quel front l'aborder, suppliant, irrité?
Ah! puisque en son mutisme il s'obstine entêté,
Après tout, nous aussi nous n'avons qu'à nous taire!

RÊVES POUR RÊVES !

A HENRI CAZALIS.

QUE le génie ait dit : « C'est vainement qu'on sonde
La raison du Cosmos, son *fiat* originel, »
Ou qu'il ait déclaré : « Tout est rationnel
Et la loi d'où tout sort a la clarté de l'onde, »

Qu'importe ! — Pour qu'il touche, et fascine, et confonde,
C'est assez qu'il aborde un problème éternel.
Puis à tout son objet soit proportionnel,
Profond, mystérieux, et grand comme le monde.

Lorsque la vérité laisse choir son flambeau,
Il faut, sans hésiter, s'en rapporter au beau
Du soin d'harmoniser les deux contradictoires.

La démonstration a de trompeurs appas ;
Pour et contre, après tout, sont bien aléatoires ;
Mais le sublime est là qui ne nous trompe pas.

LE MOI

Je pense, donc je suis. — Mais qu'est-ce que mon moi?
　Quel est l'irréductible élément dont l'absence
Fait que je ne suis plus? Qui soutient mon essence?
Oh! ne pouvoir jamais t'étreindre, chose en soi!

Je dis « Je, » sans savoir ni comment ni pourquoi ;
Un voile est toujours là ; je suis dans l'impuissance
D'atteindre à l'adéquate et pleine connaissance,
Et l'évidence même est un objet de foi.

Pour qui dit « Je », le moi lui-même se dédouble.
Une part du sujet reste ainsi dans le trouble
Alors même que l'autre apparaît clairement.

Tout mon être se fond sous mon regard avide ;
Il échappe à ma prise, il me fuit, il me ment;
J'aspire à la substance et j'embrasse le vide.

ESQUISSE D'UN SYSTÈME DE MORALE

Oh ! l'Éthique ! ô poignant et scandaleux problème !
Cherchons... Si l'on prouvait qu'elle a même soutien
Que la Science, et qu'on montrât, par ce moyen,
Que, tout comme le Vrai, la Vertu vaut qu'on l'aime...

C'est ainsi que j'arrive à poser ce dilemme :
La connaissance est vaine et ne répond à rien,
Ou sa propre valeur est celle aussi du Bien,
L'une à l'autre servant de symbole et d'emblème.

Car si connaître est faire abstraction de soi,
Du mode personnel dont on sent ou conçoit,
Pour affirmer la loi constante et générale,

Si c'est poursuivre, par delà le relatif,
Ce rêve, l'absolu, l'éternel, l'objectif,
N'est-ce pas aussi là le tout de la Morale ?

TOURMENT D'UNE AME

A LA PORTE DU CRITICISME

Ou je tends quand je fais la philosophie,
　Que je cherche à percer ma nuit, que je conçoi,
C'est au Vrai pur et simple et tel qu'il est en soi,
Non tel qu'à son insu l'esprit le modifie.

Mais comment se peut-il alors que je me fie
A mon savoir ? Il est du plus mauvais aloi,
Puisque mes facultés ont tort, et que l'emploi
Spontané que j'en fais, rien ne le justifie.

Et voilà le dilemme où je suis enfoncé :
Il faut que j'accomplisse un travail insensé
Ou que je m'abêtisse à l'état de statue ;

Et comme justement c'est l'acte de penser
Qui me fonde moi-même et qui me constitue,
Que je vive d'erreur ou bien que je me tue.

A MAINE DE BIRAN

A Ferraz.

Tu l'as dit : le vrai fond de l'être, c'est l'effort ;
C'est lui qui nous fait nous ; plus il se montre intense,
Et plus le sentiment net de notre existence
Et de notre personne éclate et devient fort.

Et la contention impliquant un rapport
Entre un principe actif et quelque résistance,
Le sujet et l'objet s'y trouvent en substance
Comme dans leur racine et leur commun support.

Oh ! lorsque parvenue au terme de sa course,
Ton ardente pensée eut découvert la source
D'où le non-moi jaillit aussi bien que le moi,

Quand à ces profondeurs tu descendis tes sondes,
Oh ! quel ne dût pas être, ô sondeur, ton émoi
En voyant de l'abîme émerger ces deux mondes !

LE SYSTÈME DE KANT

— SONNET MNÉMOTECHNIQUE —

LE « *stoff*, » en traversant le milieu sensitif,
Sert de point de départ à la science humaine ;
Puis la catégorie imprime au phénomène
Obtenu de la sorte un second correctif.

On ne sort donc jamais de l'ordre subjectif ;
Et toute question relative au noumène,
Que je l'appelle monde, âme ou Dieu, se ramène
A quelque antinomie ou concept directif.

Mais si la Raison Pure a lieu d'être sceptique,
Il n'en va point ainsi de la Raison Pratique
Qui pose ce que l'autre a d'abord écarté.

Nous sommes obligés : c'est un fait. Il postule.
Avec ce qui s'en suit, la libre volonté ;
Et devant ce témoin le doute capitule.

AUX CONFINS DE DEUX MONDES

A ÉMILE BOUTROUX.

Lorsque l'âme attentive à ces muets accords
Que pour l'initié rend sa grave musique,
Je plonge et je perds pied dans la métaphysique,
Sans plus voir dans Maya que d'éclatants décors ;

Et puis que tout à coup j'entends des cris, des cors,
Le tonnerre qui roule, un bruit bien authentique,
En sursaut réveillé de mon rêve extatique,
J'éprouve comme si je tombais dans mon corps.

Oh ! quel étrange saut fait celui-là qui passe
Du monde de l'idée en celui de l'espace,
Et dans tout son esprit quel bouleversement !

« Voit-il trouble à présent ? Rêvait-il tout à l'heure ?
« Est-ce que la nature est un charme qui ment,
« Ou si c'est la raison qui ne serait qu'un leurre ? »

OBSESSION IDÉALISTE

Quoi! lorsque je te tiens dans mes bras, que je prends
A pleins poings les splendeurs de ta chair frémissante,
Que je perçois tes cris, que ma lèvre lassante
Te fouille de baisers, et que tu les lui rends ;

Lorsque pour te mieux voir j'ouvre les yeux tout grands,
Que ta réalité s'offre à moi saisissante,
Malgré que par cinq sens à la fois je la sente,
Que nos corps soient fondus et nos amours flagrants,

Il me faut l'avouer : dans cette forme humaine,
Tout n'est qu'une apparence, étant un phénomène ;
Tu n'existes qu'en ma pensée, ou pas du tout.

Voyons ! qui trompe ici ? Quelle est cette ironie
Que le bon sens t'affirme et la raison te nie ?
Suis-je bien éveillé ? Vois-je clair ? Suis-je fou ?

LE RÉVEIL DE « L'AUTRE »

Veux-tu, veux-tu mon corps qui s'élance vers toi ?
Veux-tu mes bras nerveux, veux-tu ma lèvre ardente ?
Veux-tu voir ce que sont les baisers du vieux Dante
Qui revient de l'Enfer pour coucher sous ton toit ?

Veux-tu de mon amour ? Oh ! dis oui, dis oui, cède ;
Obéis tout entière aux appels caressants
De la chanson du cœur, de la chanson des sens,
Sois celle qu'on adore et celle qu'on possède !

Laisse goûter ta langue et savourer tes yeux,
Laisse mes folles dents mordre dans ta peau rose
Et rire bêtement, rire aux boutons de rose
Qui frissonnent au bout de tes deux seins joyeux !

Oh ! quand on a tout seul consumé sa journée
Sous le plomb des pensers, dans ces mornes travaux
Qui, desséchant les cœurs, épuisent les cerveaux,
Misérables labours d'une race damnée ;

Quand on a, sous l'aimant d'invisibles appas,
Tenu pendant longtemps toute l'âme bandée
Dans l'attente muette et pâle de l'idée
Qui toujours va venir et souvent ne vient pas,

Oh ! se sentir soudain fouetté par l'Amour ivre !
Oh !, tout à coup renaître ! Oh ! presser sur sa chair
Quelque chose de chaud, quelque chose de cher,
Être un homme, vibrer, baiser, délirer, — vivre !

Sous les enchantements de sourires accorts,
Aux concerts d'une voix qui d'un mot vous enjôle,
Se sentir attirer et prendre dans la geôle
De deux bras amoureux vous enserrant le corps !

Quand on est encor plein de la grande musique
Et qu'on a les yeux lourds des trop vives clartés
Qui viennent de jaillir sur vous de tous côtés
Des froides profondeurs du ciel métaphysique,

Du sein de l'idéal, lieu des êtres pensants,
Du séjour où l'esprit conçoit l'intelligible,
Oh ! s'effondrer soudain dans ce monde tangible,
Au milieu des objets qui tombent sous les sens !

Sentir sous votre main qui frémissant s'allonge
Palpiter et frémir un être bien vivant
Qui s'entend, qui se voit, n'a rien de décevant,
S'en imprégner, sentir votre âme qui s'y plonge !

O révélation faite de volupté !
Bain étrange où l'émoi né du plaisir se double
Du vague, du profond, de l'ineffable trouble
De pénétrer au cœur d'une réalité !

Ah ! persuade-moi qu'elle est là bien entière !
Par tes pressants baisers, rends-moi plus évidents
Que l'implacable éclat des objets transcendants,
Les formes, les couleurs, les parfums, la matière !

Que tes cris, tes élans et tes effusions,
Que tes bras éperdus dans leur courbe enlaçante,
Tes yeux chargés d'aimants et ta lèvre lassante
Me montrent si ce sont là des illusions !

Qu'entouré par Vénus de l'ardente ceinture
De ton corps souple et long comme un nœud de serpent,
J'éprouve tellement son charme enveloppant
Que je ne puisse plus douter de la Nature !

Fais goûter à mes sens, à mon cœur rajeuni,
Ce qu'aucune raison n'atteint, la certitude
Par saturation, volupté, plénitude,
Fais-moi voir l'idéal et sentir l'infini !

LA BÊTE

A François Coppée.

Oh ! je voudrais aller dans la cage aux lions,
  Me sentir là tout seul, sans un secours, au centre
De ces yeux, de ces cris, de ces rébellions ;

Éprouver le frisson du dompteur lorsqu'il entre,
Qu'après avoir tiré sur son dos les verrous,
Il marche droit au monstre et s'assied sur son ventre,

Puis, par une bravade excitant son courroux,
De son grand fouet cinglant le taquine et l'enrage,
A faire sur sa peau hérisser ses poils roux.

J'aimerais à mon tour sentir gronder l'orage
Et, parmi les dangers de ce duel hasardeux,
Aventureux enfant, essayer mon courage.

En dépit des horreurs de ce contact hideux,
Je ne nous verrais pas, sans volupté secrète,
L'un sur l'autre rués, seul à seul, tous les deux.

Car du moins j'aurais pu, pendant ce tête à tête,
Entrevoir jusqu'en son ressort fondamental,
En ses derniers replis, ce que c'est qu'une bête.

J'aurais surpris, battant son plein, l'être fatal
Que hante incessamment et vaguement encombre
La lourde obsession d'un rêve végétal,

Et puis qui, tout à coup, de sa prunelle sombre,
Lançant sur l'ennemi quelque effrayant éclair,
D'un jour inattendu crève son voile d'ombre.

J'aurais vu s'il est sphinx ou s'il n'en a que l'air,
Et, dans cette troublante et trouble créature,
Peut-être qu'au dernier moment j'aurais vu clair.

Oui, son grand œil sanglant m'eût été l'ouverture
D'où j'eusse pénétré dans cette profondeur
Où se cache aux humains ce qu'on nomme Nature.

Un instant j'aurais pu, de mon regard sondeur,
Plonger jusques au fond de cette âme inconnue
Dont les déchaînements sont mêlés de candeur,

Dans cette âme rusée et pourtant ingénue,
Innocente et naïve en sa férocité,
Pour elle-même abstruse et pourtant toute nue ;

Et mon cœur eût frémi sous la réalité.

CYNISME

Tiens ! je vous croyais morte, et puis vous êtes là !
Donc vous vous obstinez dans cette mascarade
Et n'avez pas encore défilé la parade,
En quête d'une place au paradis d'Allah !

Alors vous n'avez rien appris sur l' « au-delà ! »
Vous êtes comme nous. Le mot de la charade
Ne vous apparaît pas plus clair qu'au camarade,
Et pas l'ombre d'un dieu ne vous le révéla !

Je doute encore. Avec cet air de déterrée,
De l'autre monde au moins vous connaissez l'entrée ;
Vous êtes un peu morte. Allons, que savez-vous ?

Un mot ! Et je vous aime, et je vous prends pour muse.
— Oui, je t'aimerais, vieille, et sans arrière-goûts,
Si tu me révélais la noire X où je m'use !

VOILE DÉCHIRÉ

A JOSEPH GARIN.

ETRE là tous les deux dans la vie, est-ce drôle !
Se trouver juste au point de l'espace et du temps
Qui fait que de ce globe on naquit habitants,
Qu'on se parle en français, qu'on se voit, qu'on se frôle...

Toi, sur la vaste scène, acteur qui tiens ton rôle
Et qui dans l'art d'agir te complais et t'entends,
Moi, spectateur perdu parmi les assistants,
Qui prends tout bonnement un parterre au contrôle.

Et se sentir penser, vouloir, aller, venir,
En sachant que demain tout cela va finir,
Songer que c'est bien vrai, que ce n'est point un rêve,

L'étrange vision ! Et lorsque tout à coup
Le voile que formait l'accoutumance crève,
On sursaute du froid qui vous saisit au cou !

« Le fond tâté s'évanouit »
Sully-Prudhomme.

On m'aime, on me le dit, peut-être qu'on le croit ;
  Mais le croire à mon tour ce serait d'un novice.
Qu'on me prive en esprit de tout, qu'on me ravisse
Ma loyauté, mon cœur, ma raison par surcroît,

Et l'on s'apercevra comme l'amour décroît !
Ce que l'on aime en moi, c'est qui rend un service,
C'est une qualité, peut-être c'est un vice,
Jamais ce n'est moi-même, et mon cœur en a froid.

Et quand je me verrais, un jour, par impossible,
En présence d'une âme infiniment sensible
Qui, dans sa charité, pour moi seul m'aimerait,

Il en serait encore ainsi du culte abstrait.
Idéal, éthéré, dont son cœur se contente,
Car ma personne même est une résultante !

LE FROID DU SOLEIL

O soleil! ô suave, ô divin caresseur,
Dans mon corps engourdi pénétrante douceur,
Soleil, mes seuls amours, soleil, toute ma joie!
Hélas! mais tu n'es rien qu'un flambeau qui rougeoie;
Ta masse inconsciente ignore son pouvoir,
Tu baises sans aimer, tu regardes sans voir,
O soleil! globe mort autant qu'ardente flamme,
Et si chaud pour mes sens, et si froid pour mon âme!

« La vie, c'est la mort. »
CL. BERNARD.

O terreur ! O spectacle étrange et repoussant !
Je porte en moi la mort, je suis son véhicule ;
Elle est là dans mon cœur, mes veines, qui circule ;
C'est elle ma matière, elle mon propre sang.

Je la bois dans mon verre et vais m'en nourrissant.
A chaque aliment pris, à chaque molécule,
Son germe inévitable en mon corps s'inocule,
Dans mes tissus s'intègre, en mon tréfonds descend.

Car plus la vie est chaude et plus elle est intense,
Plus la combustion lui ronge sa substance ;
Autant la flamme brille, autant fond le flambeau.

Vivre c'est donc mourir ; commun est leur principe ;
Chacun implique l'autre et de lui participe,
Et l'existence même est son propre tombeau,

L'IMMORTALITÉ

Je sais sur cette terre une pire souffrance
  Que l'horrible concours du bâton et du mors,
Que ton frisson cruel, ô froid, lorsque tu mords,
O faim, quand sous un front tu mets ta sombre transe ;

Pire que vos chocs fous, forces en concurrence,
Que vos noirs scorpions, ô dévorants remords,
Pire que tous les deuils, pire que mille morts,
Sans amis, sans adieux, sans foi, sans espérance.

C'est de penser ceci : que toujours je vivrai ;
Plus ou moins sourdement, toujours ; voilà le vrai,
Ce qui fatalement sera, quoi qu'il arrive.

Il ne se perd de moi rien, rien, pas un lambeau ;
A l'univers stupide un sûr destin me rive,
Et je suis pris dans l'être ainsi qu'en un tombeau.

LA DAMNATION ÉTERNELLE

Renaître ! Rembarquer quand on arrive au port,
Recommencer encor l'odieux simulacre
De comprendre et d'aimer, sans autre bien que l'âcre
Volupté de souffrir et d'enfanter l'effort !

Renaître ! En vous peut-être, ô bétail de rapport
Qu'un atroce boucher brutalise et massacre,
En vous, oie aveuglée ou vieux cheval de fiacre...
Renaître ! Ah ! c'est bien là l'horrible de la mort !

Mais quoi ! c'est déjà fait ! En tout lieu qu'on traverse,
A tout instant du jour notre être se disperse
Et laisse un peu de soi dans d'autres animaux.

Toujours je collabore à quelque créature,
Éternisant ainsi la source de mes maux,
Sans pouvoir m'arracher des mains de la Nature.

A AMIEL

Comme un Christ éperdu sous les péchés du monde,
Et qui se fait horreur, et qui se sent immonde,
Malgré sa pureté,
Sous la submersion de cette mer de honte
Qui, s'élevant toujours, jusqu'à sa face monte
De notre humanité,

Ainsi, transfiguré par la philosophie
Et comme éclos par elle, un, je m'identifie
Avec tout l'univers,
Et me confonds si bien avec lui qu'il me semble
Que je suis conscient de tous ses maux ensemble
Sous tous leurs noms divers.

Délivré de ce pli fatal de la personne
Qui, dans l'âme creusé, la marque et la façonne
Comme s'imprime un scel,
Mon être à l'infini se déploie et s'explique,
Et les coups du destin frappent ma chair publique,
Mon cœur universel.

Tout ce que l'on pâtit de l'un à l'autre pôle,
S'amoncelant sur elle, écrase mon épaule,
    Comme un lourd poids de mort,
Chape de plomb fondu que nul calmant n'apaise
Et qui, dans son horreur, tout à la fois me pèse,
    Me calcine et me mord.

Oui, je sens de façon si poignante et profonde,
La racine commune, ô nature, qui fonde
    Notre être essentiel,
Qu'à chacun de tes cris me tressaille une fibre,
Aussi fatalement qu'une harpe qui vibre
    Aux quatre vents du ciel.

J'habite dans autrui. Je souffre les souffrances,
Je gémis les douleurs, je passe par les transes
    De tous les animaux,
Et je sens se troubler mon intime substance
Aux symptômes qui, dans la plus sourde existence,
    Ressemblent à des maux.

Calamités, fléaux, cataclysmes, désastres,
Malheurs de tous pays, malheurs de tous les astres,
    Malheurs de tous les temps,

Et vous qui surgissez de là, plaintes sans nombre,
Amas de bruit confus et de rouge pénombre,
    Je te vois, je t'entends.

Je vous entends, soupirs, cris d'angoisse ou de rage
Qui sortez du grisou, qui sortez du naufrage,
    Qui sortez du tombeau,·
Qui sortez, tout brûlants, du feu des incendies,
Ou, lorsque vient le soir des pâles tragédies,
    Des griffes du corbeau,

Clameurs, coups de canon, tocsins, clairons d'alarmes,
Glas des morts, longs adieux entrecoupés de larmes,
    Gémissements, sanglots,
Appels desespérés à la miséricorde,
Étouffés par la peur, étouffés par la corde.
    Étouffés par les flots.

Je vous vois, ô troupiers, vous qui servez de cibles,
Dans leurs terribles jeux, aux tyrans impassibles,
    Aux ministres roués,
Et qui, parmi l'horreur des sanglantes déroutes,
Allez, comme des chiens, crever le long des routes,
    Dans vos manteaux troués;

Vous, les martyrs publics, dont la foule ameutée
Expose au pilori la face souffletée,
    Et vous qui pleurez seuls,
Ou qui, dans une angoisse encor plus solitaire,
Enfermés tout vivants dans le sein de la terre,
    Dévorez vos linceuls ;

Vous qui, dans votre lutte avec la destinée,
Vous êtes fait une âme atroce, forcenée,
    Ou, lassés de vouloir,
Glissez d'un pas fatal sur cette pente sombre
Où le sol moral manque et tout courage sombre
    Au fond du désespoir ;

Qu'à rouler à l'abîme un vertige décide,
En dépit des hideurs de l'affreux suicide,
    Des sinistres apprêts,
Des verroux à tirer, du réchaud sur la table,
En dépit de la voix instante, épouvantable,
    Qui demande : Et après?

Et je vous vois aussi, pauvres vieux incurables,
Ployés sous le fardeau de maux intolérables,
    Qui vous rongez le poing

Et qui vous morfondez jour et nuit dans l'attente
De la mort, cette mort, le seul bien qui vous tente
    Et qui n'arrive point;

Et vous qui rejetez loin de vous le calice,
Qui, contraints de marcher au suprême supplice,
    Fléchissez le jarret,
Au moment de monter par cet escalier roide
Au haut duquel on voit briller la lame froide,
    L'oblique couperet,

Ou qui, terrifiés par votre ignominie,
Sentant venir à vous l'heure de l'agonie
    Du fond de vos grabats,
Les doigts crispés, les yeux pleins d'images funèbres,
Tentez contre l'assaut des montantes ténèbres
    Les suprêmes combats.

Carniers battant de l'aile, abattoirs beugleurs, oies
Dont on crève les yeux pour engraisser les foies,
    Puis dont on tord les cous,
Papillons qu'un enfant en se jouant épingle,
Lapins qu'on vivisecte et chevaux que l'on cingle
    Et fait tomber de coups,

Qu'en des jeux où l'ignoble a passé toutes bornes,
Déjà par le taureau deux fois percé de cornes,
            Marchant dans des boyaux,
On fait servir encor, bien tamponnés de paille,
Afin qu'un Guérita demain fasse ripaille
            Tout couvert de joyaux ;

Écorchés vifs qu'on pend, crucifiés qu'on troue,
Sorciers sur le bûcher, Damiens sur la roue,
            Vous qu'on enduit de poix,
Dont on brise les dents, dont on coupe la langue,
Que broient les brodequins ou que la lourde cangue
            Écrase de son poids ;

Vous enfin que les fouets ont bleuis de leurs grêles,
Infortunés enfants, pauvres petits corps grêles
            Au profil d'arbrisseau,
Vous qui savez l'angoisse et les larmes amères
Et rencontrez souvent des bourreaux dans vos mères,
            Sans sortir du berceau.

Je vous vois tous ! — Je vois tous ceux que supplicie
Ou la dent du remords ou la dent de la scie,
            Le génie ou le fer.

Que la passion brûle ou que brûle le soufre,
Tout ce que dans son âme ou son corps l'homme souffre,
 Tout le mal, tout l'Enfer !

L'Enfer ! Car il est vrai, n'en ayez pas de doute.
Non peut-être celui que le monde redoute,
 Où le diable est posté,
Une fourche à la main, faisant cuire un coupable,
— Quoique, après tout, l'Ancien des jours soit bien capable
 De l'avoir inventé —

Non ! Mais cet autre Enfer que le grand jour éclaire
Des implacables feux mûris par sa colère,
 Ce globe malheureux
Dont le mal que l'on voit n'est que l'efflorescence,
Mais qui, considéré dans son intime essence,
 Est encor plus affreux ;

Où l'atome affolé, qui passe et qui repasse
A la double faveur du temps et de l'espace
 Par mille êtres humains,
Poursuivant au hasard sa course aventurière,
Voit toujours devant lui s'étendre sa carrière
 D'éternels lendemains ;

Et repris par la mort, et repris par la vie,
Au gré d'une Maya toujours inassouvie,
          Cahoté, ballotté,
N'ayant pour y voir clair que d'apparentes normes,
Ne sait plus proprement laquelle des deux formes
          Est la réalité.

Mais privé de substance et pénétré de vide,
Et comme surplombant partout le gouffre avide
          Qui l'attend là, béant,
S'apparaît tout au plus comme une mince écorce,
Une bulle que gonfle un vain soupçon de force,
          Un rire du néant.

TABLE DES MATIÈRES

LYON. — IMPRIMERIE PITRAT AÎNÉ, RUE GENTIL, 4

www.ingramcontent.com/pod-product-compliance
Ingram Content Group UK Ltd.
Pitfield, Milton Keynes, MK11 3LW, UK
UKHW021731090726
13657UKWH00002B/642